U0609646

星群诗系

流云

Wandering Clouds

吴东升 著

天津出版传媒集团
百花文艺出版社

图书在版编目（CIP）数据

流云 / 吴东升著. -- 天津 : 百花文艺出版社，2023.6
（星群诗系）
ISBN 978-7-5306-8592-1

Ⅰ. ①流… Ⅱ. ①吴… Ⅲ. ①诗集－中国－当代 Ⅳ. ①I227

中国国家版本馆CIP数据核字（2023）第103807号

流云
LIU YUN
吴东升　著

出 版 人:薛印胜
责任编辑:赵　芳
装帧设计:淡晓库
出版发行:百花文艺出版社
地址:天津市和平区西康路35号　**邮编**:300051
电话传真:+86-22-23332651（发行部）
+86-22-23332656（总编室）
+86-22-23332478（邮购部）
网址:http://www.baihuawenyi.com
印刷:三河市华东印刷有限公司
开本:880毫米×1230毫米　1/32
字数:50千字
印张:6.125
版次:2023年6月第1版
印次:2023年6月第1次印刷
定价:58.00元

如有印装质量问题，请与三河市华东印刷有限公司联系调换
地址：三河市燕郊冶金路口南马起乏村西
电话：19931677990　邮编：065201

自序

·吴东升

写诗四十二年，这是我的第一本诗集，但愿不会是最后一本。

本书收集了我的一百二十三首诗。如果有一首诗，或者一句诗句，是你喜欢的，则不胜荣幸！如果因为阅读本书，浪费了你宝贵的时间，谨在此致歉！

是为序。

CONTENT

目录

流　云

地平线

地平线在远方
在蔚蓝色的深处

如同含羞的少女
从不把真容显露

那蒸腾的雾气
便是她佩戴的面纱一副

躲在面纱的后面
却把我深情的目光接住

1981年11月7日 北京大学

走向大海

我走向大海
不是走向远古的喧嚣
和礁石上的泪滴
一个硕大的花圈
献给了过去
带着黑夜送来的沉思
我走向黎明
海鸥在地平线的上方飞翔
唤醒了我童年的记忆
我走向大海
走向辽阔的蔚蓝
走向驰骋的疆域

我走向大海

不是走向海市蜃楼
和缥缈的雾气
掬一捧海水洗去眼睛的迷茫
接一个浪涌冲掉心灵的沉寂
让小船驶向远方
用海潮的轰鸣
谱写青春的旋律
我走向大海
走向满帆的风
走向强劲的力

我走向大海
走向沧海日出
走向一个辉煌的世纪
即便在梦中
我也能听见海面上
那一声舒心的汽笛
让我年轻的肺叶
合上大海的脉息
我走向大海
每一朵美丽的浪花
都是我献给时代的玫瑰

1981年11月17日 北京大学

心海

我的心，是海

胸膛是一个完整的世界
金黄色的童年
是太阳
天蓝色的初恋
是月亮
地球一圈一圈地旋转
大潮，小潮
小潮，大潮
在大潮和小潮，小潮和大潮之间
夹着一段
坦荡的安宁

我的心，是海

岁月筑起了一道沙堤
结了痂的创伤
是礁石
承受着排空巨浪
幸福的和痛苦的眼泪
凝成了一串珊瑚
喜怒哀乐
一群任性的鱼儿
日夜在这里戏水弄波
激起浪花飞扬

我的心，是海

抛弃了贝壳的空虚
和海螺的怅惘
思想的闪电
海鸥的翅膀一样
扑打在漩涡上方
理想的风帆
一只红色的小船
跳动在九级浪尖

永远，永远

我的心，是海

1981年11月26日　北京大学

赠友

送你出门的时候
遇上了一场毛毛雨
细细的毛毛雨
淋湿了我和你
但是，不要忧伤，不要犹豫
请想着晴天，想着晴天
那充满憧憬的心里
就会有温暖的阳光
和阳光般明丽的生活

在遥远的原野上
陪伴着你的
一定会有细细的毛毛雨
但是，行路人自有行路人的情趣

请想着晴天，想着晴天
就会有执着和勇气
我们留给辽阔土地的
不会是毛毛雨一样潮湿的心绪
而是花朵一样美丽的足迹

1982年1月 北京大学

海

岁月曾经把我搁浅在沙滩
而我始终眺望着海

槟榔低垂的凉荫
覆盖着我的温柔的爱

风吹不走我的思绪
即便航标灯在远方摇摆

只有海鸥的翅膀
托起了我灵魂的独白

1982年5月12日　北京大学

黄昏

我总是迷恋于那一角天空
无数燕子的翅膀
托起了夕阳的暗红
风在合欢树的枝叶间流淌
使暮色变得朦胧

夜总是在这个时候降临
率领来蟋蟀和蝈蝈
剥夺了知了喜欢预言的喉咙
而街灯和不眠的星星们
开始谈论着晨钟

假如心会突然发生战栗
我不知道是因为轻松还是沉重

好像有两句绝妙的诗

我顺手写了出来

你说什么也看不懂

1982年6月26日 北京大学

站台

细细的雨丝悄悄地飘洒着
夜色开始变得朦胧
在柔和的灯光里
你重新挥舞起白手帕
使我的心情不再沉重

出发是注定属于我们的
不同的时代自有不同的内容
沿着你目光铺成的道路
我将轩昂地走向远方
带着鸽子和一小片纯洁的天空

让我们说点什么呢
也许你也和我一样激动

列车就要开了

鸣响的是汽笛

而不是暮钟

1982年7月29日　北京大学

船

沙滩上重新开满美丽的浪花
我已记不清这是第几次潮汐

也许往事随着时光开始淡忘
只有心沉浸在永恒的初衷里

海在远方展开了辽阔的蔚蓝
巨大的诱惑我今生无法抗拒

如果决定把思绪托付给桅樯
青春的每一次心跳都是汽笛

1982年8月20日　金东

江边

这个世界所属于你的
也许只有那只木筏子
和留在旋涡里的一缕思绪
站在相思树的绿荫里
不知道你是否羡慕和嫉妒过
那些肆无忌惮的汽笛

水向远方悠悠地流去
追梦少年衣袂飘飘
大步流星走下千里长堤
生活规定了每一个人的选择
从此你就要去流浪
脚踩着一小片颠簸的陆地

请向天空举起你的桨楫
庄严地唱出别离的深情
即便一路都是风风雨雨
那又有什么呢
我相信此刻一定有一朵浪花
正轩昂地开放在你的心底

1982年8月28日　福州

致阳台

你给我寄来阳台
和阳台上的许多夜晚
那里
一定有美丽的盆景
有克拉姆斯科伊笔下的月光
你手拿着六弦琴
弹响一支曲子
在晚风里韵味悠长

而我应该回寄给你什么呢
也许
我应该和你谈谈森林
谈谈近山和远山
谈谈那一汪清澈的山泉

谈谈属于我的
整个的大自然
我是一株山枫
只能在旷野里成长
我可不愿做美丽的盆景
摆在阳台上
听一些春意阑珊

是的，我太爱我的旷野了
虽然这里并不都是
鲜丽的阳光
这里有比阳台上更多的
雷鸣电闪
有看不见的毛毛雨
使天空变得灰暗
但我爱
就像一棵槟榔
顽强地守护着
并非完美无缺的海滩

在没有阳台的屋子里
我开始给阳台写信
我要糊一个很白的信封

给你寄去
一片山野的风光
当然，也要寄出
一个无法忘却的愿望
我近乎痛苦地等待着
有一只热爱森林的夜莺
深情地为我歌唱

1983年4月21日 大田建设

现代火山喷发

午休时候营地醒着每个人都醒着
竖起耳朵贴紧天线贴紧美丽的信息
你可知道此刻洛杉矶是一块大磁铁
把我们的心牢牢地吸引过去吸引过去

郎平的铁榔头这回该抡圆了
在这大山里有许多像大山一样的男子汉
都在暗暗为你使劲呢
你就狠狠地敲吧痛痛快快地敲
就像我们敲打岩石敲打标本
迸溅的火花照耀下的中国是美丽的

亲爱的海燕你好啊
我们这群像大山一样的男子汉

抱住你就像搂抱纤巧美丽的情人
你的温柔缠绵也的确像情人
但我们倒更喜欢你的潇洒轩昂如真正的男子汉
为了那一句很有份量的话你就该得金牌
真想吻你吻你要不然就让我们跳个舞吧
让营地沸腾起来让群山沸腾起来

所有的激情都在奔涌在奔涌
这是现代的火山喷发
没有浓烟没有灰尘没有火山弹
只有透明的岩浆在潺潺流淌
而透明的岩浆覆盖过的土地
会呼啦啦地生长许多美好
会生长许多美好这是毫无疑问的

1984年8月8日 大田建设

山路

弯弯的山路
是一条五线谱

我们的足迹
是美丽的音符

为了奏响生命乐章崭新的旋律
让我们在晨光里轩昂举步

1984年8月15日　大田建设

古火山口

轰轰烈烈地诞生
那是在高温高压里

无声无息地死亡
那是在和风细雨中

古火山口是历史留下的一张嘴
向我们诉说深刻的启迪

1984年8月15日 大田建设

跃过断裂

上山途中。暴风雨冲刷了
一条不深不浅
不宽不窄的断裂
横亘于我们面前

有人却步了
断裂的这边
集结着徘徊、犹豫和彷徨
然而，后面拥挤来紧迫感——

硬着头皮一跃——断裂的那边
我们惊诧这一切如此简单
只不过那么奋力一跃
我们和山巅的距离便在缩小

也许这个世界上

本没有跨越不了的天堑

人们常常无法跨越的

只是思想的沟壕

1984年9月27日 龙宫

别离

相见时难别亦难
那是晚唐的事了
一个朝代的无奈和愁绪
随风飘逝

我们像鸟儿一样飞出营地
各自东西
你有你的上山路
我有我的坎坷崎岖
有同样的目的地

分手时互赠一个透明的微笑
像瀑布一样豪放
像泉水一样恬美

目光重叠

挥手遥指地平线

互道一声

翻过那山再见

然后，在阳光下大步流星地走去

是朋友也好

是情人也好

一切似乎都显得漫不经心

而只有我们知道

就在这漫不经心中

包含着多少切切之情

和柔云流水不解的缠绵意

1984年10月8日 大田建设

蓝色的活动板房

那个设计师肯定是个诗人
把我们的活动板房漆成了一片蓝天

于是，每天在活动板房进进出出
我们便觉得自己就是太阳、星星和月亮

那么，这一切便是义不容辞的
为了大山璀璨的明天，我们要尽情地发光

1984年11月12日　大田建设

人生

人生就握在你的手里
就像握住那一块魔方

理想是个神奇的核心
每个人都围着她旋转

看谁付出了最多的追求和执着
谁就能转出最美的图案

1984年11月16日 大田建设

炊烟

如果是一根鞭子
就要抽打山村亘古的荒凉

如果是一段白线
就要装订少年不羁的梦想

如果是一条纤绳
是否可以从流逝的时光里
拉回我的童年

在更高一些的天空
炊烟随风飘散，暮色降临村庄
我听见蟋蟀歌唱

1985年2月　三明

城市

站台
汽笛拉断了
那些遐想
城市轻盈地扑来
窒息之后
月光里浮起的
已分不清是奔放
还是缠绵

街道坦荡着
而登山鞋踩痛的
是一根脆弱之弦
又是午夜
沉重是一座肃穆的山

流　云

林涛似低音大提琴
向世界
诉说过多少无眠
颤音
是对城市
真诚的思念

目光轻轻地抚摸过阳台
采撷一束柔光
一个橘黄色的信念
这就够了
城市
给了我一次会心的微笑
我便分享了
你的安详

街灯作证
徘徊的只是影子
低首无言
而此刻
心中轰响的是林涛
是瀑布
是一句透明的诗

是一个比诗更透明的心愿

为了城市更加美好

我将

走向遥远

1985年3月

黄昏雨

斜斜的黄昏雨
溅响
打湿了一团思绪
真为诗仙担忧
今夜无月
低头处
可如何思念故乡

故乡也有黄昏雨吗
在远方
那一片天空下面
真想行一个注目礼
推开窗户
目光

却又被无尽的峰峦遮断

1985年4月

山夜

就保持这一片静谧，好吗
我不想说什么了
就让此情此景成永忆

要说就说草中蟋蟀
说萤火虫
说天上的星星

说星星像一串葡萄
说葡萄是酸的
说葡萄是甜的

1985年5月13日　长汀

赠

纵使呕心沥血也不能改变
即将的天幕低垂

古屋的雕梁间
有一群暮鸦斜飞

如果闭上眼睛
就能够感受隔世的静谧

醒来时满地都是露珠
没有人知道昨夜下雨

1985年6月16日 长汀

日出

有十万种欢呼声
颂歌起自远方
如水如潮
漫过头顶
澎湃而去

而世界
是可以淹没的吗

无言也是一首歌
久久地相对凝视
我便无声地唱
一首无言的歌

生命总是顽强地寻找表现
燃烧，也在寻找表现
既然你占有了热情
那就把冷静交给我吧

我知道
交给我的是一条长长的路
一条祖先走过
和没有走过的
长长的路

有路就足够了
还需要什么呢
你炫耀蓝天白云
而我则展示荆棘坎坷
富有是同等的

1985年6月21日 长汀

风的季节

这是风的季节
而诗真可爱
如一片春天的绿叶
如一张帆
颤动着

只要真诚地渴望出发
哪里会找不到港湾
一缕阳光可以是港湾
一缕月光可以是港湾
一次心灵的颤动
也可以是港湾

预言是徒劳的

有谁敢断言会不会搁浅
总之，首先要启碇

如果有一本航海日志
将写满
这是风的季节
吹往事如烟

闭上眼睛
则想象自己如鸟
生命有过一次真正的飞扬
一次，也是永恒

于轻盈的跌宕和飘摇中
触摸时间如水
这是风的季节
而诗真可爱

1985年6月22日　长汀

周末晚会

轻盈潇洒的黄昏风和遐想一起流淌流淌
流成了静静的湖泊流成了多瑙河之波
我们如波中的游鱼轻松自如
而你说这就是舞这就是舞

其实我们是龙是龙是穿登山鞋的中国龙
是的我们已经习惯了波浪我们喜欢波浪
喜欢用海潮谱写青春曲欢乐颂
喜欢对蓝天说你就是幸福波浪
于是我们靠近你扑向你
每天每天在绿色的波峰浪谷里飘摇跌宕
每天每天摔打所以我们剽悍所以我们轩昂

当然我们知道波浪也有黑色的也有褐色的

那是苦难的颜色然而我们怕什么呢
我们是龙是龙是黑头发黄皮肤的中国龙
是龙就有龙鳞龙鳞就是一副绝好的铠甲
虽然我们的龙鳞不是长出来的是磨出来的
磨出来的就更结实更经得起考验
有了龙鳞我们就戏水弄波轻松自如
而你说这就是舞这就是舞

那么就算是吧这又有什么关系呢
快四步慢四步迪斯科探戈伦巴三步舞交谊舞
哦你看吧看吧看我们舞出龙族的风度

1985年6月24日　长汀

月亮

——给一位在野外作业中失去一只眼睛的地质队员

一只眼睛是太阳一只眼睛是月亮
而你的月亮落下了
那是在地球颠簸的时候
那是在陨石雨降落的时候
你的月亮落下了
落下了就不再升起

世界很静很静世界等待着夜来临
夜来临蟋蟀叫了蝈蝈叫了
而你的月亮不再升起
你不再吟唱月光小夜曲
升起的是黑暗是阴影
那阴影早就在远方觊觎
此刻如一座沉重的山岳压迫着你

于是我听到了你的深呼吸
汗珠滚动那凹下的陨石坑里盛满了什么呢
你的月亮落下了然而你还有一颗太阳
是的那颗太阳此刻正芬芳地照耀着你

既然月亮落下了落下了
带走了往昔的那些温柔和恬美
请用双手托起那一颗太阳
托起那一颗太阳让生命燃烧得更热烈些吧
哦生命生命你这个小冤家你这个迷

1985年6月25日　长汀

冬日

那一朵雪花该飞来了吧
一个少年从春天等到了现在

而雪花真的飞来了
每一朵都像蝴蝶一样可爱

那个少年小心翼翼抓住一朵
欢呼雀跃就像凯旋的元帅

等到摊开通红的小手
湿漉漉一片空白

1985年9月30日　长汀

钓者

你用垂直的钓钩
垂钓空瓶子
水中有鳄鱼和礁石
钓饵伤痕累累

浪打沙滩
一片古老的空白
寻找你的人
不知道你在海底

1985年10月22日 长汀

我们等待月亮

夕阳疲惫地
靠在山的臂弯
就像我们此刻
靠在桥的栏杆上

河里的水在响
而桥无言
桥总是徒劳地
把人们从这边送往那边

但是又有谁能够
追上那一枚下坠的夕阳
失去的无可挽回
远处的树林模糊一片

触摸流水

河心洲有不尽的感想

我们等待月亮

那是另一种安详

1985年11月5日　长汀

断章

如果一开始就选择失败
那倒是了不起的勇士
如果微笑没人理解
那就是谜

风走过的时候
树叶拍响手掌
无忧无虑
仿佛不识人间愁滋味

倾听一种声音
想分辨的时候
已经归于沉寂
什么是永恒呢

在梦的深处

有一片明晃晃的波涛

也许正因为太美

所以连一根羽毛也无力载起

1985年11月5日 长汀

岩石

冰冷只是外表
执着是另一种奔放
等到有阳光你就会明白
敢于裸露的心
永远滚烫

1985年12月31日　长汀

如果你是湖

为了寻找春水，我曾经穿越沙漠
如果你是湖，就让我做一株岸边的垂柳吧
带着无限的柔情和你缠绵细语

但柳丝柔软，知心的话儿终将被风吹去
还是让我做一朵浮萍吧
永远和你相偎相依

但浮萍无根，浪迹天涯终将使我们别离
还是让我做一棵水草吧
以一痕绿色点缀你的活力

但水草经不住寒霜欺凌，会使我们的爱情枯萎
还是让我做一方岩石吧

立在水中 轻轻的抚摸传递爱意

但岩石沉重，会把你的柔波碰碎

我该做一尾鱼，每天畅泳在你的柔波间

而又以美丽的涟漪，不断为你增添生机

1986年4月24日 长汀

无题

黑色的石头
保持沉默
于是它的声音
便成为谜
激发星星们的幻想

风和树叶窃窃私语
谣言从峡谷流走
月亮躲进云层
横亘的山脉
开始感觉到了重量

1986年6月26日　清流

献诗

凡晶莹剔透的事物
都害怕抚摸
思想容易发热
罪恶是一个无时不想光顾的精灵
让我们穿起缁衣遁入黑夜
做一个隐形人保护自己

如果有一天在众目睽睽之下
雪山崩溃
陆地泛滥洪水
我们就长出鳍来
成为最早的鱼
刺探死亡的秘密

1986年7月10日　清流

怀念夏天

整个夏天几乎是在我们的诅咒声中过去的
夏天过去，落叶便飘了下来
落叶使我们伤感
于是，我们便开始怀念夏天
这种真诚，使整个秋天深沉而淡远
我们忘记了我们曾经诅咒夏天
要是一年中没有夏天
那该多没劲呀
而夏天还会来的
当然不是因为我们怀念
到时候夏天自然而然就来了
我们自然而然地会再诅咒夏天

1986年8月10日 清流

爱情

往事如烟
谁还能记得
五百年前的约会
和海枯石烂的誓言
况且没有凭证
值得怀疑的是
为什么偏偏是你
来到了我的身边

浮生若梦
要在茫茫人海中
找到那个人真的好难
恋爱中的人常常
徘徊于爱与不爱之间

不经意的揣度

暗伤了一世情缘

谁心怀愧疚

谁就再相约五百年

1986年8月28日

地平线

到了能够冷静地回想捉迷藏这一天
我们就长大了
而地平线仍然把我们当成孩子
没完没了地和我们玩着捉迷藏的游戏
并且总是比我们高明
它从不和我们握手
所以我们无法分别
当我们无精打采的时候
它会站在远方招手
当我们兴致勃勃的时候
它和我们保持永恒的距离

在我们走过的地方
有花瓣也有落叶

地平线把它们装订起来

这就是人生

1986年8月30日 清流

致

人生是一次机会
选择是一种折磨
越想完善自己
就会发现残缺越多
世界上本没有错误
唯一的错误就在于清楚错误

失去的永远得到了
得到的永远失去了
面对往事我们无话可说
为了某一瞬间度过一生是值得的
生活总有一天会教我们学会
忍受爱的痛苦

1987年3月12日　嵩溪

无题

石头因沉默
无数次地受到小草曲解
夜夜泪流满面

月亮目睹了一切
伸出苍白的手指抚慰创伤
石头感受到了安详

可月亮有盈有亏
无法摆脱生和死的忧虑
到头来发现石头的泪水，也是自己的泪水

1987年4月10日　长汀

黄昏来临

晚霞只是朝霞的重复
太阳并没有走远
我们常常被我们的错觉欺骗
黄昏来临
坐在院子里喝酒
你会发现杯子里有一枚月亮
就是这一枚月亮
总是苍白
永远像个谎言
那么，是把酒喝干
还是把酒倒掉
不知应该怎么办

1987年4月18日 长汀

迷途

为寻峰巅而来
走进丘陵，峰巅林立
谁又能告诉我
哪一座峰巅才是属于我的呢

夕阳下，泛白的细径参差交错
如网，我是网中之鱼?!

1988年1月25日 永安

故人

曾经有过多少少年心事
欲回首岁月无痕
愿见你的纯真
不愿见你的深沉

假如微笑有人理解
这就足够了
没有遗憾的人生
不是真正的人生

1988年1月27日　永安

雾

好一片茫茫，雾遮远景
雾里寻路路难寻
等雾怕误了前行

路边老叟请我饮茶
抽出稿纸，把雾留下
算是我的诗情

1988年2月5日　永安

雨

雨从远方来，落入庭院
雨声温柔，像一阵阵细语
多少雨声多少往事，往事如歌
且让我放下这一身疲惫
枕着歌声入睡
最怕半夜三更醒来
听一声声檐雨
狠狠敲打我的思乡梦

1988年2月8日　永安

山中

山中无寂寞。寂寞时
就听空山鸟语，那一种
珠润玉圆，就像许多
小雨滴，轻轻敲打
我的心，抚慰旅途之疲惫
往事休提！如今在山中
我静听鸟儿歌唱，坐看云飞
清风入怀，山冈翠绿
有时我愿意自己是一个
荷锄的人，放牧的人
日出而作，日落而息
如果我像先人一样
一直过着简单的生活
此刻我的内心是否

真的能够无悲无喜

1988年3月17日

另一种可能，我和你

我相信永远都会有另一种可能，在你我之间
那时候换一种表情就可以改变命运
或者，只要在某天早晨对着太阳跺跺脚
那么，当初就不是当初
今天也不再是今天

生活把别离酿造得浓浓烈烈，如酒
而如今我是天涯客，无法和你干杯
独自品尝人生，不能自已时
遂信醉者说——此乃前缘
啊！无缘即是一种缘

遗憾吗？而更多的时候
这是一种无法言说的思念，如梦如歌

令我们在痛不欲生之后，加倍地热爱生活
我终于醒悟到人生全部的残酷和伟大
也理解了内心那种深刻的眷恋

1988年7月8日　福州

故乡河

无法说出深浅的是故乡河水
你的思念有多深故乡河水就有多深
无法说出长短的是故乡河水
游子的足迹走到哪里故乡河水就流到哪里

疲倦时，闭上眼睛
任故乡河水从四面八方涌来
把你淹没，将你浮起
这又是怎样一种抚慰

1988年8月22日 金东

门

门有被敲的爱好
往往以关闭的方式
简单地制造一些秘密
然后保持沉默
在你敲门之前
门先以沉默敲你

门一张开
我们就迫不及待地
被吃进去

1989年3月6日　大湖

山居

守着这许多峰峦
起起伏伏算不了什么
抬头看岭头积雪
低头看山花烂漫
开窗或者关窗
吞吐万古岚烟
俯仰之间有诗兴
托云带给山外的朋友
横看竖看随你
闲来听一声鹧鸪
体验那种韵味悠长

1989年4月2日 上海

启示

岩石

岩石知道得太多
所以只好永远沉默

峰巅

一种目标充满诱惑
让你从这一面爬上来
再从那一面落下去

山与山

不能接近
亦无法远离

天空

一把蓝色的伞
有不规则的破洞
遮挡不了风雨

孤独

明白了一切
也就失去了一切

1989年6月 福州

特别快车

排了长队去买车票
渴望着出发的那种心情
又该怎样形容

而当湿润的双眸告别阳光的迷惘
这时你才会惊觉
倏忽间钢铁的轮子已经走出好远

扑面而来的是风
而潮汐般扑入心房的
是那深深的怀恋

这时你才懂得什么叫依依难舍
这时你才懂得相聚是缘

这时你多么想回头再行一个注目礼

终点太近
不由想起须臾人生
来去匆匆我们都是过客

1989年6月4日 上海

空杯

手持空杯倾听岁月的喧响
一千个溺水者在我的掌心排队
好朋友见面不要握手
浮在脸上的微笑全是虚伪

谁的目光能够洞穿黑夜
谁的双脚能够涉过永远的河流
和彼岸交谈雨意
空杯不空，沉重的馈赠在杯底

手持空杯想起酒浓于水
我的好朋友已相继离去
千年的苔藓无限优美
我是久经劫难的男儿，虽饮千杯不醉

1989年8月7日　福州

告别一棵树

理解一棵树
就是要深深理解道路的疲乏
夕阳下消瘦的路标
已经被太多的承诺压垮
地平线上那座无名小站
也许谁也不能抵达

告别一棵树
我衷心祝愿你枝繁叶茂，伟岸挺拔
多年以后
当你发达的根系横穿原野
也许会在千里之外
触摸到一颗流沙

哦，那也是一颗滚烫的心

1989年11月19日　永安

鹿回头

转身又如何
鸥鸟执着地寻找答案
大海潮起潮落
古往今来掩埋多少创伤
洁白沙滩生长优美传说
使后悔永恒
所有活着的人
异口同声歌唱死亡

1990年1月2日 福州

河

河是水与岸之间的游戏
水动岸不动
千年，水仍握在岸的手里
古往今来的风
抚不平河心的涟漪

桥在岁月的渡口伫立
过客和船迷失在浩渺的烟波里
沙滩是水力不从心的部分
留给古榕生长拂地髯须
鸟的翅膀刻画黄昏的迷离

忠实的藻类
顽强地守护着石头的梦

水草独自葳蕤

鱼在水中

表达比水更深的渴意

1990年5月8日　永安

夜晚的树林

夜晚的树林
在院落之外营造风景
黑暗是灵魂的故乡
有些东西我始终无缘接近
孤独的旅者
漂泊生涯一杯月色就可以酩酊

夜晚的树林
进入虫声安享恬静
我进入自己的房间
门窗乃亲手关紧
许多日子钟敲夜半
我只能透过玻璃看看夜晚的树林

1990年8月26日 永安

永远的颂歌

一颗种子萌发生命时
那种激动和喜悦无法言说
生命是美好的
一棵树真诚地彷徨不安
不知道应该如何感谢生活
在一片贫瘠的土地上
一棵树生长的欲望却是那么贪婪
我理解那是一种什么样的执着
迎着灿烂的阳光
一棵树切切实实地茂盛过
并且以为可以无限度地葳蕤
可以撑起一片天空荫蔽一方土地
轻风徐来，摇动你阔大的叶片
我开始品味一棵树自如的婆娑

流　云

日月轮番，我伸开的手掌
无法接住你筛下的光斑
我只想告诉你，季候更迭
雷电霜雪并不是谁的过错
过程悲壮亦优美
谱成一支永远的歌
轻轻的旋律慰藉了多少落寞
终于你告别了最后一片落叶
裸露乌黑的枝丫站在天与地之间
我知道你已经坦然了
是的，你开始清醒地认识到
你并不是一颗伟大的种子
你只是一棵平凡的落叶树
那就当好一棵落叶树吧
而我悄悄地为你举手加额
我知道，从此你将日益高大了

1991年11月12日　福州

无题

雨夜的山路上
不小心打了个趔趄
于是，手电筒落地
捡起一看
镜片有了裂隙

失落的东西，摔伤是难免的
但不能从此丢弃
路还要走
牢牢把它抓在手里
就能照亮前面的崎岖

1992年

距离

在房间里看雨
斜斜地打在窗玻璃上
一滴，一滴……慢慢往下淌
仿佛伊人流泪

伸出手指轻轻擦拭
这份真诚能否给你些许安慰
触摸到的是冰凉的感觉
指尖留下淡淡的灰尘

1992年

丘陵

多年以后
重新站在这里
我开始相信
这是先哲着意点化的人生景观

看那些峰峦逶迤
起伏跌宕也很平常
岩石的册页里
记录了亿万年的沧桑

上山路连着下山路
下山路又连着上山路
这些自然的曲线
一如命运的某种循环

流　云

我知道我是注定要终身跋涉的了
前面有那么多的荆棘和坎坷
野花的微笑
让我坚信此生不晚

1992年9月24日 福州

树

在一个地方站久了
脚下就会长出根须

隐隐有远山的呼唤
但我已拔不出自己

2005年10月27日 德化

岛

今生我本无意涉水
却早已置身其中
一睁开眼睛
就看到波涛汹涌

努力踮起脚尖站着
为了不让海水没顶
我不愿沉沦为礁石
成为南来北往船只心中的痛

每天都有浪花开放
这一片蔚蓝也很生动
多少年过去
我已从容

2005年12月13日　泉州

另一片海

一直觉得，山是另一片海
在瞬间凝固的波涛，使山峦
千姿百态。船队开走了
鸥鸟也不再来。岩石摆好姿势
开始另一个千年的等待
寂寞无处不在！只有风吹
风抱住泉水的琴弦弹唱
要把大山紧闭的襟怀打开
仿佛梦的触角，岩石的缝隙里
一朵朵绿芽悄悄伸了出来
阳光璀璨，生命无处不在
心若死，镜花水月全是空
心不死，世间万事皆可重来

2006年6月2日 泉州

构造成矿带

大地的一道旧伤口
见证这个星球的苦难
我能够感觉到那一种疼痛
深入岩石的骨髓

肯定有悲声如雷滚过
至今尚难以平息
山用沉默挺拔着
把最初的誓言写在苍茫里

海不断地把咸腥的心事
说给风听
但亿万斯年
仍倒不尽苦水

时间是一副良药
可以治疗所有的创伤
大树学会了遗忘
小草学会了坦然

透过历史的尘埃可以看见
有一些物质
在伤口结痂的地方熠熠生辉
把我们的一生照亮

2006年12月9日　安溪

云

洁白，轻盈
天使的翅膀

却有人把它当成纱巾
扯过来擦蓝天的汗

憋屈得脸都青了
终究无力摆脱命运的掌控

或许还能号啕一哭
当空流下滂沱的泪水

2007年7月14日　安溪

火车

深夜的汽笛声
常常把我的梦撕破
钢铁的轮子不舍昼夜
道路仿佛没有尽头

多少年来火车不停地往返
搬运着人们梦寐以求的幸福生活
但始终搬不回一朵天边流浪的云
也运不走我内心无限的忧愁

2007年9月1日 安溪

树与风

树把自己囚禁在方寸之地
心中有无限的向往，却永不能成行
付出一生，也无力摆脱纠缠的根须

风将自己放逐到天涯海角
尝够了世间的冷暖，还在游荡
像一缕孤魂找不到故里

树每次遇到风，就喋喋不休
互诉心曲，常常一夜到天明

由此我想到，这世间万物
各有各的宿命，各有各的累

2007年11月24日　安溪

山语

告别那些烟熏火燎的日子
要学会用泥土止血，草叶包扎
伤口结了痂就是岩石
从此山脉就有了骨头

让暴风雨来得更猛烈些吧
既然是命定的洗礼
就让我挺起胸膛承受
洗尽浮尘更显出青山本色

多年来僻居祖国的一隅
并不是我放弃跋涉
双肩挑起万古岚烟
尽管我只是最不起眼的一座

流　云

在滚滚红尘里保持挺拔
不敢忘记最初的承诺
野花是我的微笑
一年四季开满山坡

岁月增加了我的端凝
泉声诉说我心中的执着
为了天边的一朵云彩
我愿用一生守候

2008年4月6日　安溪

题商城瀑布

厌倦了世上的浮华和尘嚣
才来做这深山客
懒将心事与风说
对着青山轻抚琴弦
叮叮咚咚唱一支透明的歌

为了一株幽兰
纵身跃下空谷
每一滴干净的水珠
都开放成洁白美丽的花朵

2008年5月10日 安溪

如歌

常常看一朵云
在蓝天轻盈地飞
就这样去遨游世界
一袭白衣多么飘逸
谈笑间越过千山万水
全不受荆棘和坎坷之累
从此所有的远方
都不再遥不可及
为什么风中
还会有沉重的叹息

其实一朵云的内心
也有许多的不得已
经年的漂泊找不到一个家

少年梦早已经支离破碎

走遍天涯海角回来

与谁诉说冷暖的滋味

如果遇见亲人

一朵云就是一包眼泪

如果遇见亲人

一朵云就是一包眼泪

2008年8月6日 泉州

纪念

这一场聚散
并没有留下恩怨
想必我们不是来结缘的
只是来证缘的

我知道相对而言
你我都是过客
那就让遗忘
成为彼此最好的纪念

但是当你转身离去时
我还是感到了失落
仿佛无端地
被时空闪了一下

2008年8月9日　安溪

流云

一出生就要去流浪。云朵
飞行在宿命里，错把风当成
自己的翅膀，却对何去何从
一无所知，最初的誓言和承诺
是多么苍白！路途遥远

我们有足够的时间可以
挥霍，可以耐心地把自己
一缕缕撕碎，再让自己一点点
重新凝聚，在轻描淡写中完成
九死一生，我们却依然被困

在自己的高度里。攀升无力
却又摇摇欲坠，被大地牵引

同时也被排斥，当我们带着失望
漂泊，辽阔天空真的很空
生命此时轻如柳絮

我们的一切努力，都不能
改变什么。一群迷途的
羔羊，被内心的鞭子抽打
被巨大的虚妄放逐
在滂沱的泪水中突围

2008年8月24日　安溪

雪

滴水成冰的时节，雪花从天上
飘飘洒洒而来，浩浩荡荡
而来，仿佛是一场阵容强大的
出征，却把真实的溃败
演绎得如梦如幻，妙不可言

这些虚妄的花朵，怀着
时间的暗伤，一生都在寻找
不可能的芬芳，失望的寒气
把曾经的身心冰冻，如今的
飘零，仿佛凤凰涅槃

风张开巨大的衣摆，试图
接住其中的一朵，却扇起

更大的风，把更多的雪
狠狠摔在地上，疼痛的感觉
加大了这场雪，也可能是

后来的雪想搀扶前面的雪
却无力挽回一落千丈的局势
同时还要承受更后来的雪的
冲撞，造成了更多的雪
一起沦陷。纷纷扬扬的

一场大雪，把所有的道路
切断。天地之间除了苍茫
还是苍茫，整整一个冬天
我们所能做的事情，就是
堆一个雪人，和它相互取暖

2008年9月28日　安溪

落日

是不是曾经有过多少灿烂
此刻就必须归还多少凄迷
光与影那么急遽地变幻着
天空有大时代的云谲波诡
触目惊心鸟雀们纷纷逃离
群山肃穆和我们一起面对
大地悄悄动用沧海的杯盏
轻轻接住岁月的一滴浊泪
与我对饮那人迟迟没有来
纵有万般闲愁我尚不能醉
昆虫合唱团唱起千千阙歌
愿所有的忧伤都得到安慰
相信海鸥是不肯撤退的英雄梦
会在风口浪尖把新的一轮托起

2009年12月30日 安溪

向晚

群山多么安静！它们
守着沉重的心事，就地躺着
等待暮色深深地盖过来
然后，集体用虫鸣打鼾

倦鸟已投林，萤火虫提着
灯笼，和谁相约去远方
这些更加细小的飞翔，在今晚
努力越过阴影的栅栏

晚风抱住溪水的琴弦弹唱
韵味悠长，夜行人不必彷徨
只要记住来时路和去时路
大致的方向，有犬吠就有村庄

月光用虚拟的纱巾，轻轻
擦拭小草眼角的忧伤
星辰寥落，默默为大地的梦境
导航，人间的悲欢无恙

2010年3月9日 安溪

礁石

找一个地方安身立命
从此，不随波逐流
不让海水没顶
风吹，不摇晃

无论潮起潮落，让脚下
长出根来，以这种简单
直接的方式，和大地
始终保持血脉相连

沧海横流，让我守住这一片
洁白的沙滩，漫长岁月里
一棵槟榔陪伴着我
把立足的地方站成岸

2010年9月6日　安溪

海水

山里的孩子，怀揣一颗水晶心
去闯荡，却在宿命里持续跌落
一路走来何其艰难！为了替我
疗伤，神在海里放了那么多的盐

给我一些时日，让我抚平痛与悔
重新把一盏心灯点亮。十万滴海水
十万朵静静的火焰；十万朵火焰
恰好构成大海无边无际的蔚蓝

我的梦也开始蔚蓝。所有
未知的海域都是我的远方
现在就出发吧！阳光正好
我的坐骑，一匹白浪

2010年9月14日　安溪

在海边

其实，脚踏实地的感觉很好。
就像一棵树静静地站在海边
只要旁边还有另外一棵，今生
就可以地老天荒，幸福到永远

好事者杜撰出此岸和彼岸
让心浮躁，风把四面八方
都吹成方向，浩渺烟波里
只见亲人去，不见亲人还

我不忍说出沉船，大海承受了
太多的失败，海水苦涩难言
海鸥是不是水手梦的碎片
至今依然在风口浪尖流连

2010年9月30日　安溪

冰

一滴水在自己的内心深陷
所有的挣扎别人都看不见

曾经有过最奢侈的愿望
是能够为一双手泪流满面

2012年1月24日　安溪

入海口

所有江河日夜兼程
用一生奔赴的目的地

历经千难万险
终于抵达了
突然感觉有些空
有些疲惫

放下内心的泥沙
却泛起苦涩的滋味

2012年2月8日　安溪

蝴蝶

时光这本线装书里
轻轻夹着的一枚活书签
沿着它的指引
打开的那一页
不用看也知道
不是写着庄生
就是写着梁祝
仿佛那个秉烛夜读的人
独独喜爱这两行
其余的皆可忽略不计
其余的皆与蝴蝶无关
或者，蝴蝶自己就是
一本迷你的线装书
薄薄的两页

一页是庄生

一页是梁祝

一只破茧的书蠹

直接把它们穿成了翅膀

2012年3月14日　安溪

陌生

一个听信了谁的蛊惑
放飞梦想
从此把自己变成追梦人
每天在苍茫大地气喘吁吁

一个被玻璃幕墙挡了回来
深陷在浮世的尘埃里
每天渴望从水银飘忽的眼神
打探远方杳如黄鹤的消息

两个人日渐陌生
一个死扛虚妄的背影
一个满面真实的疲惫，每天
上演一场欲迎还拒的闹剧

镜子早已司空见惯，而我
也许要穷尽一生
才能够说服他们
握手言欢或者相拥而泣

2012年4月13日　安溪

台阶

是谁把一段道路
折叠起来，放在这里

让我们反复练习
登高，或走低

无论哪个方向
都必将返回

属于你的生活
依然停留在原地

也有人匆匆而去
成为过客，不再被阶石提起

2012年8月22日 安溪

相见欢

欲去你的城
不知道此行
我们能否见面

不必预约
生命中该出现的人
一定会出现

相见是缘
见一面少一面
不如不见

可是，不见
我又如何告诉你

不是不见

如果缘分可以延期兑现
就让我们今生
能够走得更远

2012年8月26日

两块砖

亲爱的，你不是公主
我也不是王子
我们就是土生土长的两块砖
被命运砌在同一堵墙里

两块砖，棱角分明
有显而易见的坏脾气
生活提供了足够的可能
让我们一见钟情，惺惺相惜

带着朴素的情怀相互走近
命运习惯用砂浆吃定我们
隔着许多沙砾相依为命
这情形似乎有些不可思议

因此我们要学习相处之道
譬如相敬如宾，举案齐眉
这些书本上的美德
如今是我们生存的必须

如果一块砖在虚妄中膨胀了
另一块砖就会被硌得很疼
如果一块砖被意外掏空
另一块砖就会感到很深的失落

也许一生中没有最浪漫的事
深陷生活的两块砖
就连说声我爱你
都有咬牙切齿的嫌疑

仿佛是与生俱来的默契
我们愿意把这份仇恨进行到底
等到相互的伤害深入骨髓
两块砖就有了坚不可摧的情谊

日子虽然过得有些灰头土脸
但我们方正的品格历经风雨而不移

岁月流逝，一座殿堂因为
我们的担当，在人间悄然矗立

2012年8月29日　安溪

雾山

当我走近，躲在暗处的岩石
轻轻呵出一口气，满山的事物渐渐模糊

似乎，峥嵘巍峨如一座山
都在刻意遮蔽和隐藏一些什么

也有一些事物是无法遮蔽和隐藏的
此时，风正把山涧潺潺的流水声

无比清晰地吹送过来
仿佛一种呼应，林中的虫鸣持续涨潮

或者，有许多秘密
在一开始便被以某种方式说出

2012年9月20日 安溪

球赛

人生如球赛
上半场输了
还有下半场

胜败乃兵家常事
只要努力过
就不算混球儿

2012年11月10日 安溪

山的幸福

在故乡，一座山的旁边
还有另一座山。它们一生的
幸福，就是静静地厮守
轻轻地偎依。任凭风云激荡
草木荣枯，哪里都不去
生活原来可以如此简单——只需
暂借苍茫一隅，即可幕天席地
饥食野果，渴饮清泉
偶尔想醉，就邀吴刚共饮桂花酒
醒来还是在原地
寂寞时，听虫鸣的歌
听空山鸟语。山中日月长
它们把途经的每一个日子
都过得踏踏实实，有滋有味

从不说厌倦和疲惫。满山的野花
是它们内心藏不住的喜悦
在风中开得那么热烈，那么美

2012年12月5日　安溪

可能就是你

不知你是否注意到
所有的颁奖仪式
都是首先优秀奖
其次三等奖，二等奖
最后才是一等奖

我是说，别人的成功
故然值得庆贺。但也不必
对自己的一事无成太过沮丧
当音乐再次响起
鲜花和掌声簇拥的那个人
可能就是你

2012年12月16日 安溪

钉子

一生之中
绝不会因为遭受打击
而后退半步

恰恰相反
受到的打击越多
越是锲而不舍

2013年3月14日　安溪

积水

光有似水柔情
和一颗水晶心
是远远不够的
再加上泽被天下的愿望也没有用

每一场雨草草收兵
都会有一些雨滴
没能汇入江河湖海
甚至被土壤婉拒

它们的一生
深陷在大地的低洼处
迷茫的眼神很是无辜
不知道错在哪里

2013年5月26日 安溪

林间空地

这个位置，想必是树林
为另一棵树预留的

许多年过去，那棵树
却始终没有到来

也许在另一片土地上，那棵树
正枝繁叶茂，满树繁花开

它可能知道，也可能不知道
这里的树林还在空等待

也许那棵树曾经的摇摆
只不过是风在徒惹伤怀

这尘世，风过

谁误以为谁在爱

2013年11月30日　安溪

碎瓷

最痛的，不是粉身碎骨
零落成泥和浴火重生的经历
而是不经意间，来自亲人的
一次误伤。成就你的手
可能也是毁灭你的手。命运不露声色
只是在你的背后轻轻推了一下
没有任何悬念，梦碎了一地

原本来自于泥土，如今却无法
回归。也不能与岩石为伍
突然之间变成异类。所到之处
被称作废墟。仿佛与灾难
脱不了干系。不是生性尖刻
只因满身都是伤口。除了伤害

和自我伤害，不知道还能做些什么

相信会有一双手，可以从岁月里
抽出光线，把散落一地的碎瓷
重新缝缀在一起。那将是一件价值连城的
战袍或铠甲，而不是散发霉气的金缕衣
当从绝地重新站起来的你，浑身披挂着自己
出发吧！我相信真瓷不死
一颗洁白的心所向无敌

2013年12月21日 安溪

做一块山坡上的石头

做一块山坡上的石头
不去想此生为何流落旷野与荒郊
是梦是幻醒过来就好
伸一伸胳膊，掸一掸衣袖
向天借一场雨水，洗干净自己的骨头和棱角

做一块山坡上的石头
不去看此处地势平缓还是陡峭
有一个小小的位置，能够安身立命就好
用白云的尺素告诉山里山外的朋友
岁月无恙，也问候满山的树木和青草

做一块山坡上的石头
可以就着二两忧伤一夜独自流泪到天明

也可以整天整天对着一朵野花微笑
只有经历九死一生的人才会懂得
这是多么奢侈的美好

做一块山坡上的石头
远离歧途，也远离大道
偶尔还会被踩，说明这是一方热土
注意保护自己，以免遭受无妄之灾
也乐见恶意相向的家伙直接崴脚

做一块山坡上的石头
用真诚去唤醒另一块石头
与它私订终生，将幸福守护到天荒地老
从此，会有一个家族
集体为自己的品格骄傲

做一块山坡上的石头
不必与命运和解，也绝不向生活告饶

2014年4月25日　安溪

龟山

老家屋后，那座山叫龟山
当年曾经感叹多么维妙维肖
如今看来既不像龟也不像山
早在全民大挖防空洞那年就被穿膛破肚了
后来更是整座山头被夷为平地
上面建了所小学校，我也曾经就读过
几年前听说变成镇学区的宿舍了
如今是一所幼儿园。你永远无法知道
时光之手下一刻即将翻开的是哪一幅画面
人是物非，不过有空我还是想回去看看
想在山坡上坐坐，夏天吹吹风，冬天晒晒太阳
如果遇见故人就一起看炊烟
或者无约而归走在乡间的小路上

2015年3月24日　安溪

萤

天黑就点灯
不必害怕暴露行迹

光线孱弱也无妨
又不是要与谁争辉

小小的一盏
但风吹不灭

更深露凉时
照见自己往前飞

2015年4月4日 安溪

鹰飞

一只鹰在天上飞
它的影子在地上追

鹰飞得越来越快
影子也追得越来越急

这时候，鹰突然俯冲下来
看上去更像是，被它自己的影子击中的

2015年8月25日 安溪

蟋蟀

这几天
家里进了一只蟋蟀
我不清楚它从何而来
为何而来
又将于何时离去
循着声音
知道它所在的方位
因为怕惊吓它
也没深究它藏在哪里
让我想起要写写它的
是它近乎刻板的作息
天黑它就叫
天亮它就停
仿佛对光明

比我更在意
为了不让它扰我清梦
也给它的孤独些许慰藉
一天夜里
我尝试着打开灯
但我发现
它所要的光明
灯光并不能代替

2015年10月27日　安溪

骨头

冰是水的骨头
每当天寒地冻时
就会站出来

冰一站出来
水就有骨气
拒绝再往低处流

2015年11月1日 安溪

柳

总在湖边站
也想钓几尾鱼

垂下的枝条一低再低
却始终够不着湖水

要不要弯腰
这个不可以

两手空空
就让它空着吧

再怎么说也是
弯腰不可以

可以披头散发

但弯腰真的不可以

2015年11月8日 安溪

指认

如果你想逃避
死亡是无用的

墓地的风雨
和别处一样多

当一面墓碑
追着你指认

你也不能站起来
拍一拍屁股走掉

2015年12月11日　安溪

鸟

会不会有一种可能
鸟也不想成为鸟

因此，它们穷尽一生
一直在摆脱，一直在飞

但是，它们一飞
便再次被定义

或者，这就是宿命
世间万物，都无法逃避做自己

2015年12月30日 安溪

雨

雨从东边来
也从西边来
英雄莫问出身
好雨不论来处

所有的雨都雷同
也许司雨的神老了
也许雨下得太久
如今已很难下出新意

在一片迷蒙中
有时很难分清
这一场雨和那一场雨
天地仿佛重归混沌

但迄今没有哪一场雨
愿意承认自己是赝品
也没有哪一场雨站出来
为大地的泥泞负责

雨还在下
再怎么下
一场雨也无法
洗白上一场雨

雨停了
一场雨草草收兵
是不是为了给下一场雨
留下伏笔

谁的命中不会摊上一场雨呢
我们一生都在和时间赛跑
为了不在途中
被浇成落汤鸡

2016年3月15日 安溪

老马

楼道里有灯
门打开后
影子先我而入
仿佛不是我
回家，而是
一匹识途老马
从无边夜色里
带回一个
疲惫的归人

2016年3月27日　安溪

遇见

一个人如果一直往前走
是不是会从地球的另一边绕回来

有时候，转身
就可以遇见自己

2016年4月28日 安溪

互殴

跌倒时
影子和他
谁也扶不住谁

看上去
更像在互殴

2016年5月28日 安溪

凤山上

这个世界早就人满为患了，凤山是个例外
凤山上，树比人多，但不显拥挤
凤山上那么多树，它们不开豪车
不住豪宅，不用跑马圈地
也不会挖陷阱，不会栽赃，不会告密
不斗殴，不打群架。虽然经常
会有肢体接触，但绝对构不成
互相伤害，如同握手和拥抱
增进的是友谊。不管风来，雨来
不同界、门、纲、目、科、属、种
大大小小的树，就那么亲切地
站在一起。高大的不傲慢
矮小的不谄媚。时令不好时
它们一起落叶；春天到来时

它们一起葳蕤。我每次到凤山
就是为了和它们在一起，静静地站一会

2016年8月9日

局

一群麻雀，是老麻雀
它们心照不宣
倏地从树上落下
顷刻之间，又不露声色
回到树上去

整整一个上午，它们不停地从树上
落下，回去；落下，回去
仿佛这是一款十分有趣的
游戏，所以它们乐此不疲
直到那么多树叶
纷纷，从树上落下
并且，再也回不去

其间，如果气氛
太过沉闷，它们就不约而同
叽叽喳喳，一起叫上几声
其间，日影斑驳，时有风吹
尘世寂寥，光阴，深不见底

2016年8月27日

落叶

经过了风雨
枝头
果实已经接近成熟
生怕它们蒂落时
会疼
满树的叶子
纷纷
跃入尘埃
用一个怀抱
在等

2016年9月3日

流水

再怎么苦口婆心
下游的水也无法
说服上游的水
改道或者停流
下游的水所经历过的
九死一生，上游的水
必将原原本本
全部重新经历一遍

再怎么紧追慢赶
上游的水也来不及
挽留或者劝阻
下游的水，不管不顾
一头扎进苦涩的大海

2016年11月3日

刀

生活总是
把人性
打磨得又刻薄
又锋利

聚散之间
伤害
和自我伤害
每天都在发生

2017年3月17日

山水话

少年时，喜欢山水
幻想在深山里
可以遇见神仙和大师
或者，在荒凉的山谷
拾到一本秘籍

青年时，因为学习地质
一度以为今生
必将踏遍青山
所以，关心的是
饮马、濯足

后来，亲历了跋涉之苦
开始厌倦尘嚣

但没能归隐山林
向往的是种梅、养鹤
坐看云起云飞

如今，年岁渐老
目光有意无意之间
会透过生花杂树
在向阳的山坡，寻找一处处
适宜埋骨之地

2017年4月20日

分水岭

日子里，这些细小的疼痛
司空见惯，或者不值一提
江山步步为营，自古多崎岖
也许没有人会注意到那两滴雨
它们手牵手，从天空而来
以为是一次充满浪漫的旅行
谁知道落入尘埃时，却莫名其妙
一滴往东，一滴往西
从此，寻寻觅觅的一生
历尽了凄凄惨惨戚戚
再相会，在万顷波涛中
当一腔苦涩，面对另一腔苦涩
千言万语，又该从何说起

2018年3月23日

江中

江中有许多石头
但没有哪一块石头
能够洗白自己
初入江的
某些部位还沾着泥
入江久的
浑身已挂满了藻类
江水流啊流
如歌亦如泣

2018年4月6日

炭

说不清楚，究竟得罪了谁
被刀劈斧砍锯伐，在光影中
訇然倒下，但没有死
再被刀劈斧砍锯伐，被肢解
不是分尸，因为没有死
被关进小黑屋，站或者躺
无法选择姿势，但没有死
被烟熏火燎，努力忍住咳嗽
悄悄流泪了，但没有死
浑身上下，每一寸肌肤
都被烤焦了，但没有死
做不成树，但相信会有一场
真正的燃烧，可以证明
生命除了最终的一缕烟、一撮灰

还有过程中，无与伦比的
辉煌和壮丽。在此之前
哪怕蓬头垢面，黑人黑户
顽强地活着，不敢死去

2018年8月19日

流　云

星星的格局太小

上弦月，是一把刀
下弦月，也是一把刀
一刀在手，月亮
从未停止雕刻自己

像一个患有先天性强迫症的
老银匠，眼睛里容不下
一丝丝瑕疵。万籁俱寂时
月亮，把自己当成了仇敌

出刀，毫不手软。一刀又一刀，刀刀见血
何止刮骨，更触及灵魂
只要不死，就没有禁区
甚至向死而生，学凤凰涅槃一回又一回

如水的月光，是月亮
雕刻自己时洒下的灰
夏天的萤火虫
是颗粒大一些的碎屑

每隔一段日子，就在天空
的大屏幕上，公开预览一次
不满意，就推倒重来
不敷衍世界，从宏观到细微

刀是自己，雕刻的
也是自己。已经忘记
从什么时候开始，也不着急
什么时候会完成

疼痛无人知，默默掉几滴
晶莹的泪；欢喜亦无人知
星星的格局太小
惜无法引为知己

苦乐年华，岁月如歌
感觉累了，就饮一杯桂花酒吧

流　云

懂你的人正在来的路上，快马加鞭
静谧的夜晚，也有风动影移

放下杯子，继续雕刻自己
愿在最好的时候遇见
相信多年以后，浩瀚的夜空
会呈现一轮皎洁，无限接近完美

2018年12月15日

九月

到了九月是秋天
一场秋雨一场凉
我知道每一场秋雨
都会带走一些人间的温暖

日子一天比一天清冷
万物开始凋零
一杯九月九的酒
如何抵挡岁月浩大的风霜

喜欢秋水长天，天高云淡
却不忍见南飞雁
为了生存，这个世界
多少生灵一生都在流浪

流　云

如果该走的都走了
争先恐后大逃亡
世界会不会变得空空荡荡
每当念及，心中便有难言的恓惶

也有坚持下来的
你看遍地的草根
它们被生活抓住了把柄
不是一生只爱一个地方

冬天就要来了
想想如何活下去吧
它们年复一年
练习用冰雪御寒

2019年9月5日

江心洲

不甘沉沦的石头
会从波浪中站起来
落拓的身姿
就在水中央

蓝天白云真好
自由的呼吸真好
虽然不能登陆
甚至无法靠岸

无法靠岸
就把自己站成岸
让遇险的不系之舟来泊
并且重新启航

流　云

不能登陆
相信自己
站起来就是
一小片陆地

面积很小
所有的地图
都可以忽略不计
但足够白鹭来栖

春天来了
冰雪消融
花红和草绿
也不会缺席

2020年3月14日

雨落江中

流走的水，回不来了
某日，回来的，是一场雨

淅淅沥沥，潮湿的心里
一定有许多话，要说吧

离乡背井，此去经年，浪迹天涯
九死一生，翻山越岭，回来了

日夜兼程，应该与谁握手言欢
快马加鞭，可以和谁相拥而泣

情无须自禁，所以，准备了瓢泼、倾盆
电闪雷鸣就算了，恐吓到故人

可是，尚未踏上故土，雨落江中
多少热望与期盼，又随流水匆匆远去了

这尘世究竟有多少徒劳啊
一个人突然泪流满面

不是因为站在雨中
被浇成了落汤鸡

2020年3月15日

短歌

堤，或者坝

被内心的巨石

支撑和压迫

青山

我们都喜欢说，青山作证

因为我们都知道，青山不语

树木

站着的，是树

躺下，就是木

锈

允许钢铁咬破手指

用一滴血在额头打一个结界
镇住内心森严的刀斧

一棵树死了

它不敢倒下
依附它的藤蔓还活着

我

其实，我也不是我
我只是在用一生
来无限接近我

秋

一路上，总是有落叶
轻轻拍打你的肩膀
转身，却无人

聒噪

风来的时候
没有一片树叶
是安静的

在林中

寂静是更加凝重的诉说
为了谛听，那些树
悄悄长出木耳

背影

用无言
说出拒绝
和放弃

时光倒流

远地来的客，将市井之事
娓娓道来，他所言及的生活
多年前我们似曾亲历

荡漾

说什么心如止水
只是没有风吹

2020年3月

山丘

仙人想必是有的
只不过，太贪玩
早就一袭白衣飘飘
天南地北云游去了

留守的草木手无寸铁
如何抵挡愚公们
推土机和挖掘机
现代化的装甲部队

人生太短，我们无法
见证一座山的横空出世
这些年来，却常常为了
一座座山丘的消失而心生悲戚

2020年5月30日

假如雨是一种果实

请想象天地间
有一种植物
云朵是它开的花

白云再多也没什么用，都是谎花
只有乌云
才能够带来收成

有时候，我们
不得不承认
自己的肤浅

我们啊我们
那么喜欢白云

那么讨厌乌云

2020年10月2日

山上滚落的巨石

心事太过沉重
而大地松软、脆弱
敢问江山无限
何处可以安放此身

2021年8月14日